심폐소생술

심폐소생술

이근영 시집

산지니

시집을 펴내며

일기장 속에 묻어 두었던 제 삶의 흔적들을 시집이라는 이름으로 세상에 띄워 봅니다. 쑥스러움과 두려움과 설렘이 마구 뒤엉킨 채로 마음이 요동치고 있습니다. 저의 시들은 그리 대단할 것도 없는 작품들이지만, 고스란히 제가 살아 온 세월을 담고 있습니다. 그 시간들을 불러내어 한 권의 책으로 엮어 봅니다.

부족한 작품들을 세상으로 불러낼 수 있게 용기를 주신 모든 분들께 고맙다는 인사를 드립니다. 저의 시가 뷔페나 한정식처럼 다양하고 맛깔스럽지는 않아도, 그저 물에 말은 밥에 된장 푹 찍어 고추 한 입 먹는 그런 소박하지만 정겨운 맛이면 좋겠습니다. 들쭉날쭉하고 못난 놈들도 많습니다. 하지만 한두 작품이라도 읽는 분들 가슴에 남을 수 있다면 정말 좋겠습니다.

이만큼이나마 시를 쓸 수 있게 지난날 길이 되어 주셨던 스승님과 저의 시가 되어 준 많은 사람들과 제가 무너지지 않게 보듬어 주었던 친구들과 보이지 않는 앞날을 위해 같이 길을 더듬어 가고 있는 가족들에게도 정말 고맙다는 인사를 전합니다. 이만큼밖에 성장하지 못한 자신이 부끄럽지만, 이만큼이라도 성장하게 된 건 순전히 주변의 많은 사람들 덕분입니다. 좋은 사람들을 만나고 함께하는 것이 제 삶의 가장 큰 행운이라 생각합니다. 또한 저의 글을 좋게 읽어 주고 출판의 길을 열어 주신 윤은미, 강나래 편집자님과 산지니 출판사에도 감사의 인사를 드립니다.

저의 책이 "높이 날고 멀리 보고 오래 버티는 산지니처럼" 살 수 있기를 기원해 봅니다.

고맙습니다.

차례

제2부

제3부

제 1 부

장수 한우축제

도축된 몸뚱이들이 전국의 사람들을 불러
시끌벅적해진 한우 축제장에서 나는
1^{++}등급 한우를 처음 맛봤다
입에 살살 녹는 고기, 먼 길 달려온 사람들
1^{++}등급을 받기 위해 한우는
비좁은 축사 안에서 맑은 눈만 껌뻑거렸을 것이다
자신의 삶을 살아가기 위해 태어나는 생명들은
이 세상에 얼마나 될까 이렇게 맑은 가을날
들판을 가득 메운 고추잠자리의 날갯짓이
한우의 눈빛에 몇 년을 머물다 가야만
싱싱하게 1^{++}등급으로 도축될 수 있을까

그러므로 나는 실패한 축산업자,
38명의 몸뚱이를 도축하고 출시를 앞둔 시절에
1^{++}등급도, 찾아와 주는 사람도 없네.
일찌감치 영혼을 도축당한 아이들이
1^{++}등급을 꿈꾸며 자기소개서를 쓴다
창밖 미루나무는 바람에 흔들리는데
자신의 삶을 제대로 살아가는 생명들은

이 세상에 얼마나 될까 스스로 자기 몸을
도축하는 아이들, 나는 아무도 사 가지 않으려는
싱싱한 고깃덩이들의 추천서를 쓴다
그저 평범한 1등급부터 3등급의 고깃덩이들이
아침저녁으로 꼼지락거리는
여기는 장수의 어느 축사.

한풍루*에서

아이들과 술 마시는 나쁜 선생이 되어
한풍루(寒風樓), 찬바람 부는 누각에 앉아
술을 마셨다 아이들 삶을 마셨다
학교에서 못 한 얘기들 쏟아져 나오던 밤
사내놈이 왜 이 모양이냐고 이렇게밖에 못 사냐고
뺨을 때렸던 녀석이
이혼한 부모에게 버림받고 동생과 단둘이 산다는 걸
비로소 안 날, 위로한답시고 건넨 술잔
너는 아무 말 없이 술만 들이켜다 저만치
달빛 쏟아지는 언덕 위
스무 살도 안 된 청춘을 게워 내고 있었다
아.버.지.씨.발.새.끼.엄.마.개.쌍.년.
소화되지 않는 가슴 속의 말들 게워 내고 있었다
게워 낸 너의 삶은 달빛에 반질거렸고
너의 눈물은 내 가슴에 반질거렸고

세월 흘러도 한풍루 찬바람은 그치질 않고

* 전북 무주 읍내에 있는 정자

세상에 매달리려 안간힘 쓰는 아이들 다시 만난 날
너는 오지 않았다 세상 사는 얘기들 쏟아져 나오던 밤
너의 흔적은 그 어디에도 남아 있지 않았다
나는 자꾸만 영화 똥파리 주인공 얼굴에 겹쳐지는
너를 떠올리면서 술잔만 들이켜고 있었다
씨발새끼, 개썅년 내뱉던 욕지거리만
가슴속에 맴돌고 있었다 소화되지도 않는
술만 들이켜다 거기 달빛 받은 언덕 위
네 청춘을 게워 낸 자리, 씨팔놈의 세상,
아이들과 술만 마실 줄 아는 선생,
아이들 삶을 바꿔 주지도 못하는
못난 선생의 삶을 게워 내고 있었다
거무죽죽한 찬바람만 등줄기를 훑고 있었다

농어촌 특별전형

사람의 온기로 겨우 버티고 있던 집에는
이빨 다 빠진 할머니 홀로 나를 맞았다
전기장판 하나로 견뎌 낸 겨울은
아직 다 물러가지 않았으므로
손녀의 체온이 필요했을 것이다.
산골짜기에 부는 바람엔 봄이 없었으므로
지혜는 여기를 떠날 수 없었을 것이다.
찬바람 속에서도 할머니 대신
건강한 치아를 보여 주며 살았을 것이다.

지혜가 운다
농어촌 특별전형, 원서를 찢으며 운다
이혼한 부모의 흔적이 지혜를 '증명'하고 있었다.
등본 속에 단 한 줄의 흔적으로만 남아 있는
지혜의 어머니, 그 속에서나마
지혜를 안아 줬을까 지혜에게 미안하다 말했을까
모든 국민은 법 앞에 평등해야 하므로
어머니를 만난 단 한 줄의 시간 앞에서
지혜는 대한민국의 법을 따라야만 했다

알량한 특별전형 그 몇 자리를 위해
숨기고 싶은 생의 비밀들이 까발려지고 있다.

못생긴 사과

빛깔 좋고 먹음직스러운 저 사과들
저것들 죄다 농약 쓴 것들이여
못생기고 벌레 먹었어도 이런 게 진짜 거여
나는 멍하니 엄마 말만 듣고 있었다
엄마는 못생긴 사과들 벌레 먹은 사과들을
정성스레 골라 담았다 한가한 시장에서도
아무도 사 가지 않는 그것들

이제 나는 여상 졸업반
시장에 나가야 할 나이

…… 엄마, 담임이 나도 농약 좀 치고 오래
세상엔 엄마 같은 사람은 없어
누가 나를, 이 못생긴 얼굴을 사 갈까?
농약으로 버무려져도 윤기 반질반질 흐르고
먹음직스러워 보이는 것들만
백화점으로, 마트로 가서 팔리는 세상에서
엄마 닮은 이 빛깔, 아무도 쳐다봐 주질 않아
내 심장만 벌레가 다 파먹고 있어

엄마, 내 얼굴에, 내 심장에, 농약을 쳐 줘
농약을 쳐 줘 엄마, 윤기가 반질반질 나도록

인철이 생각

프로야구 700만 시대, 너는 지금
어디에서 그 쓸쓸한 눈빛으로
야구를 관람하고 있을까
청소년 대표 유망주라던 너의 무릎에
철심을 박고 인생이 절뚝거릴 때
너는 교실에서 잠만 자는 아이가 되었지
하루 종일 아무것도 안 하고 엎드려 있는
너에게 내가 고작 해 준다는 말,

폴리텍대학이라도 가야 하지 않겠니?

그 순간 나는 심하게 부끄러웠다
내 물음이 끝나자마자 너는 다시
책상에 엎드려 내 무안함을 달래 주었지

내가 다시 대학에 가서 교육학을 공부하고
임용시험을 보고 팔팔한 젊은 선생이 되어서
너를 다시 만난다 해도 어쩌면 내 질문은

폴리텍대학이라도 가야 하지 않겠니?

거기서 벗어나진 못할 것만 같아 인철아
그러거나 말거나 너는
그때처럼 이 세상 어디선가
책상에 엎드린 자세로 살고 있느냐
세상을 힐끗 한번 바라보고
그냥 그렇게 아무렇지도 않게 살고 있느냐

너의 쓸모

네가 자퇴서를 쓰러 왔을 때, 나는 자퇴서만은 내지 말라던 민주의 얘기를 전해 주었다 개가요? 너는 의아한 표정을 지었지만, 졸업만은 같이 하고 싶다는 그 말을 진심으로 받아들인 듯했다 너는 멍하니 창밖을 바라보는 시간이 많아졌지만 더 이상 자퇴서 운운하지는 않았다 나는 차마 말하지 못했다 네가 자퇴를 하면 1등급이 한 명으로 준다는 사실을 저쪽 학교에서 사고뭉치인 네가 전학 올 때도 너를 받은 이유는 딱 하나였다 의견이 분분하던 교무실에서 1등급이 한 명에서 두 명으로 는다는 말 한마디에 회의는 끝났다 37명과 38명의 사이, 지역 유지의 딸 민주가 1등급을 받을 수 있는 길은 네가 전학 오는 길뿐이었다 그렇게 쉽게 전학을 왔지만, 쉽게 보내 줄 순 없는 거였다 민주는 너와 자주 다퉜지만 언제나 서로 으르렁거리며 살았지만 전학 와서도 툭하면 사고 치는 너를 못마땅해 했지만, 그렇지만 그 누구보다도 민주는 너를 필요로 한다는 것을 나는 말해 주지 못했다 그래, 너의 쓸모는 딱 그만큼이야, 도망가지 말고 3학년 1학기까지만 어떻게든 버텨 줘, 그 뒤로는 자퇴해도 괜찮아

진화론

루시*, 대한민국에 살아나는 저 화석들
꾸부정한 허리에 고개 숙인 채
직립보행만 하는 루시들아,
몸속에 녹아 흐르는 생존 본능의 DNA
옆 사람의 살을 뜯어 먹고 안 되면
네 살이라도 뜯어 먹어야지 하루하루 버텨 내야지
한 줌의 호모사피엔스들의 그림자를 좇아
오늘도 꿈에서 깨어나야지 오늘도
발 맞춰 걸어가야지

이 새끼들아, 어딜 튀어나가려 그래?
제자리에 가만히 있지 못해?

하루 세끼 밥에 내 목을 매달고
선생이라는 이름으로 이 땅에
오스트랄로피테쿠스들을 사육하는
나는 얼마나 진화한 족속인가.

* 오스트랄로피테쿠스 아파렌시스(Australopithecus afarensis)

민들레 홀씨

민들레 홀씨 하나
열려진 창문으로 들어와
내 차 어딘가에 내려앉았다

어쩌자고 여기에 들어왔니?

물리선생한테 귀싸대기를 맞은 날
나는 창밖 하늘로 날아오르는
민들레 홀씨만 바라보고 있었다
저렇게 지 맘껏 하늘을 날다가
어느 땅이든 아무렇게나 내려앉아
꽃 피면 그만이지 싶었다

선생님은 저를 그냥 후— 하고 불어 주시기만 하면 돼요

칠판 가득 쓰여 있는 각종 공식들은
아무리 들여다봐도 알 수가 없었고
모르는 만큼 귀싸대기를 맞아야만 했다

선생님 마음속에 제가 꽃 피울 자리는 있었나요?

어쩌다가 선생이 된 나는 그때의 물리선생처럼
귀싸대기를 올려붙이지는 않지만
어디로 갔을까 그 작은 민들레 홀씨가 들어온
내 차 안엔 꽃 피울 흙이 없다

매트가 깔린 자동차를 타고 아스팔트를 달리고
그리고 콘크리트로 만들어진 아파트에서
스테인리스로 만든 그릇에 밥을 퍼 먹으며
하루하루를 견디며 산다

왜, 어쩌자고, 나에게 날아왔니?
다른 곳으로 갈 수는 없니?

사랑의 매

선생님 안녕하세요? 건강하게 잘 지내시죠?
선생님을 꼭 한번 찾아뵈려 열심히
정말 열심히 선생님을 찾고 있는데 쉽지 않네요
저는 선생님이 베풀어 주신 사랑을 정말
잊을 수가 없어요 그래요 제가 이만큼이라도
먹고살 수 있는 것도 다 선생님 덕택이겠죠?
그때는 몰랐어요 왜 제가 시도 때도 없이 맞아야만 했는지
지금도 생각이 나요
과학 시험 못 쳐서 제 점수를 이마에 써서 붙이고
틀린 수만큼 맞아야 했던 것이며,
반 평균 떨어졌다고 반 전체가 팬티바람으로
복도를 오리걸음으로 걷던 일이며
그중에서도
학부모들 오시던 날, 웃통을 벗긴 채
교무실 앞에서 맞다가 쓰러진 저에게
사내새끼가 엄살 부린다며 더 강해지라고
발로 자근자근 밟아 주셨던 일, 선생님의
사랑이 듬뿍 담겼던 그 발길질은 정말이지
잊지 못할 것 같아요 그때는 몰랐어요

다른 학부모님들께서 당신들의 정성을 듬뿍 담아
선생님 서랍 깊숙한 곳에 넣어드리는 것을
저는 선생님의 사랑에 아무것도 보답해 드린 적 없다는 것을
선생님 어디에 계시나요? 지금도 선생님을 하고 계신가요?
이제나 저제나 선생님 꼭 한번 뵙기만을 기다리고 있어요
만나뵙게 되면 선생님 이마에 기다린 날만큼 숫자를 새겨 드리고
꼭 그만큼 따귀를 때려드릴게요 선생님이 베풀어 주신 사랑만큼
제 마음의 모든 것을 담아 진심으로
자근자근 밟아드릴게요 그러니 제가
선생님을 찾아뵐 때까지 그때까지만
저를 잊지 말아 주세요, 꼭 기억해 주시길 바랄게요, 선생님.

귀신

말쑥한 양복을 입은 그의 차림새 때문에
하마터면 나는 그를 사람으로 볼 뻔했다.
인적이 뜸한 변두리 실내마차
그가 들어서자 잠시
찬바람이 사람들의 몸을 훑었을 뿐
아무도 그에게 관심을 갖지 않았다.
예나 지금이나 귀신들은 한 많은 삶을
누군가에게 들려주기 위해 나타나는데
말없이 앉아 소주만 마시는 귀신,
말끔한 차림새에 순하디순한 얼굴,
그는 어쩌다 스스로 귀신이 되었을까.
어쩌다 세상은 스스로 귀신이 되는 사람들이 생겼는가.
그의 전화를 받았을 때 나는 놀라지 않았다.
생활기록부에 '사망'이라고 갇혀 있는 단어는
이 세상에 존재하는 수많은 서류상의 단어일 뿐
그의 삶을 대신해 주지 않았다.
술 취해 붉어진 얼굴에 웃음기를 머금고
수줍게 꺼낸 사진 한 장에는
귀신을 닮은 아이 하나, 빛나는 햇살에

치아를 맘껏 드러내고 있었다.
그의 넋두리가 소주병처럼 쌓여 가고 있었다.
나는 박수무당처럼 앉아
그의 넋두리를 온몸으로 받아들였다.
그는 새날이 밝아오기 전에
흔적도 없이 떠나 다시 서울 어느 지하철역에서
나를 만난 흔적을 지워야만 할 것이다.
사진 속 아이가 무사히 졸업할 때까지 나는
그를 만난 흔적을 가슴에 묻어야만 할 것이다.

심폐소생술

1

세월호 속의 아이들이
다시 못 올 세상으로 떠난 이유가
아, 그래, 우리에게, 나에게 있었구나!

우리는 아이들을 떠나보낸 교실에 모여
심폐소생술을 배운다

선생님, 배가, 배가 침몰하고 있어요!
얘들아, 가만히 있어 내가 구해줄게 내가
심폐소생술을 배웠어 너흴 구할 수 있어 그러니
움직이면 안 돼, 얘들아, 가슴압박술을 해야 하니
가만히 있어야 해, 하나, 둘, 셋, 넷,
스물일곱, 스물여덟, 스물아홉, 서른
너희들을 살려 낼 수만 있다면 이까짓 것
백 번 천 번도 할 수 있어 하나둘셋넷
선생님, 배가 가라앉는다구요, 선생님
뭐가 문제지? 그렇지 그래, 인공호흡을 해야지
여기 반듯하게 누워 봐 턱을 치켜들고

선생님, 배가 가라앉……읍!
다시, 가슴압박술, 하나둘셋넷다섯여섯일곱
스물일곱스물여덟스물아홉서른, 다시
인공호흡을……얘들아, 정신이, 정신이 드니?
선생님…배가…치…침몰해요…
얘들아, 얘들아, 죽지 마, 다시, 다시 해볼게
하나둘셋넷다섯여섯일곱여덟아홉열…
선생님, 정신 차리세요!

아아…얘들아 미안해…
정말 미안해…

2
심폐소생술 교육이 끝난 자리, 아르기닌,
막힌 혈액에 비아그라 같은 효과를 준다는
막힌 혈액을 기가 막히게 뚫어 준다는 광고를,
우리들은 얌전히 앉아 듣고 있다,
아르기닌, 그, 신비의 약이 주는, 효험을.

팽목항

그곳은 진도 처가에 가면 장인어른과 함께
서망 수협공판장으로 싱싱한 해산물 사러 가는 길에
잠깐 지나치던 곳일 뿐이었습니다 이름이 특이했지만
수많은 항구들 중 하나일 뿐 특별할 것 없는
그 작은 항구에 마음 둔 적 없었습니다
그 작은 항구를
어린 딸아이의 손을 잡고 마냥 걸었습니다
노란 리본이 달린 등대와 하늘나라 우체통이 있는
부둣가 저 멀리, 자맥질하는 갈매기만 하염없이 바라보았습니다
애써 슬픈 척, 애써 아픈 척 하지 않았습니다
이제 다시 돌아올 수 없는 사람들이 되어
한 장의 사진으로 남은 영정 앞에서
무릎 꿇고 절을 하는 나에게
딸아이는 물었습니다 아빠 지금 뭐해?
나는 아무런 대답도 해 주지 못했습니다
딸아이의 손을 잡고 마냥 걷기만 했습니다
팽목항, 그 이름이 내 가슴에 고유명사로 박히는 날이었습니다

나는 내 아이의 손을 언제까지 잡아 주어야 할까요
조금만 더 크면 세상의 많은 것들에게로
마음껏 날려 보내 주고 싶었습니다
오래 붙들고 싶지 않았습니다
팽목항, 가슴에 새겨진 이 이름 앞에서
나는 딸아이의 손을 놓기가 두려워졌습니다
이 나라에 사는 동안은 내 아이의 손을
함부로 놓을 수가 없을 것 같습니다

당신은 어떠신가요?

꿈

– 세월호

여보, 이제 그만 올라와 당신 최선을 다했어 우리 애들도 생각해야지 여보, 여보!

나는 자꾸 꿈속으로 끌려들어만 가는데, 아아, 가라앉는 저 배 안에

아이들이 있어, 밖으로 나오지 못한 수많은 아이들이, 아직 숨이 붙어 있는

아이들이 있어, 어떻게 나만, 나만 밖으로 나가겠어 여보 나를 용서해,

여보, 이제 그만 나와 너무 늦었어 지금 들어가면 당신도 죽어!

아아, 그래 나도…나가고 싶어…살고 싶어…손 한번 뻗으면 닿을 것 같은 당신의 손…잡고 싶어…꼭, 붙들고 싶어…

그때 꿈 밖에서 자살한 교감선생님이 나를 다시 꿈속으로 끌고 들어가는 것이었어

무릎 꿇은 단원고 선생님들이 내 머리를 꿈속으로 다시 밀어 넣는 것이었어

나는 다시 배 안으로 들어가야 해, 평생 무릎 꿇고 살지 않으려면

나 살아 나간다 해도 다시 자살하지 않으려면 물속으로 자진해서 들어가야 해

여보, 나는 어쩌라구, 니 새끼들은 어쩔 거야, 두 눈 딱 감고 그냥 나와, 어린 새끼들 생각해 그냥 나와 여보 제발!

여보, 미안해, 그래도 난, 순직처리는 될 거야,

현장체험학습 매뉴얼에 따른 공문서 작성
- 세월호, 그 후

2016학년도 2학년 대상 테마식 현장체험학습 실시 여부 및 장소 선정 관련 가정통신문 발송

2016학년도 현장체험학습(테마식, 숙박형, 수련활동) 실시(예정) 현황 제출

2016학년도 2학년 대상 테마식 현장체험학습 실시 여부 및 장소 선정 설문 결과 보고

2016학년도 테마식 현장체험학습, 수련활동 활성화위원회 개최

2016학년도 테마식 현장체험학습, 수련활동 활성화위원회 구성 보고

2016학년도 2학년 대상 테마식 현장체험학습 참여 여부에 관한 가정통신문 발송

2016학년도 2학년 테마식 현장체험학습 일정 및 예산 보고

2016학년도 테마식 현장체험학습, 수련활동 활성화위원회 회의록

2016학년도 테마식 현장체험학습 용역 제안서 평가 실시

2016학년도 2학년 테마식 현장체험학습 제안서 평가 결과 보고

2016학년도 2학년 테마식 현장체험학습 관련 숙박시설 화재

안전 점검 요청

2016학년도 2학년 테마식 현장체험학습 사랑티켓 구입

2016학년도 테마식 현장체험학습에 대한 현장답사 실시 계획

2016학년도 2학년 테마식 현장체험학습비 납입 관련 학생 및 인솔교사 명단

2016학년도 2학년 테마식 현장체험학습비 납입관련 가정통신문 발송

2016학년도 테마식 현장체험학습 사전 답사 결과 보고

2016학년도 2학년 테마식 현장체험학습 비상연락망 운영 계획

2016학년도 2학년 테마식 현장체험학습 관련 수송버스 운전기사 음주측정 및 수송버스 호위 요청

2016학년도 테마식 현장체험학습 인솔자 안전교육 및 사전연수계획

2016학년도 2학년 테마식 현장체험학습 오리엔테이션과 안전교육 및 성폭력 예방 교육 계획

2016학년도 2학년 테마식 현장체험학습 세부 추진계획 및 초과 근무계획 보고

2016학년도 2학년 테마식 현장체험학습 다과 품의

2016학년도 현장체험학습(수학여행)비 지원예산 신청서 및

조손가정 자녀 현황 제출

2016학년도 2학년 테마식 현장체험학습 세부 추진계획 수정 보고

2016학년도 2학년 테마식 현장체험학습 만족도 보고

이 시대의 설화

경기도 양주시 광적면 효촌리에 가면
그녀들을 만날 수 있지, 그래, 그날이었어
아기장수 우투리 수업을 하던 날.
아, 어쩌면 지금도 그때 그 관군들처럼
나라가 나서서 이 땅의 아기장수들을
무참히 죽이는 것은 아닐까 생각했어.
장갑차에 깔려 죽은 아이들은 있는데
죽인 사람은 없다는 이 아득한 나라에
날개 한 번 펴보지 못하고 스러지는
수많은 우투리들이 아직도 있는 게 아닐까.
그래서 무작정 떠났어. 거기, 애처롭게
추모비 하나로 덜렁 남은 아이들이 있었네.
이제 이야기로나 남은 아이들의 영혼은
아직도 저 무한궤도를 떠돌고 있을까.
귀 기울이면 들판 저편에서
용마들의 울부짖는 소리 들릴 것만 같았어.
경기도 양주시 광적면 효촌리, 그 지방도로엔
언제 사라질지 모르는 이야기 하나 서 있지.

어떤 경제학

어쩌다가 축구의 경제학이 나온 시간,
크리스티아누 호날두
맨유에서 레알로 이적, 이적료 약 8,000만 파운드!
도대체 저 엄청난 액수가 실감이 안 나는데,
대뜸 한 녀석이 인터넷 댓글을 옮겨 읽는다

이동국 800명!

우리는 잠시 웃었으나 이내 씁쓸해졌다
이동국 800명과 호날두 한 명 중
레알 마드리드는 호날두 한 명을 택할 것이니,
이동국 한 명에도 못 미치는 우리들의 값어치는
도대체 얼마냐고, 호날두 같은 사람들을
얼마든지 사들이는 저 구단주들은
우리와 얼마나 멀리 떨어져 사는 족속들이냐고
한 녀석이 혼잣말을 한다

그래 나와 너희들과 우리 모두의 자식들과
그 손자들까지 돈 한 푼 안 쓰고

평생을 모은다면 우리는 그 돈으로
무엇을 살 수 있을까
이건희 회장 발톱만큼은 따라갈 수 있을까?

모두 말이 없는 채로 계산은 끝났다 수업은 끝났다.

벽남제에서

장수군 계남면 벽남제 일찍 잠든 호숫가
관수정에 모여 앉은 착한 눈빛의 선생님들
수런대는 얘기들 달빛을 타고 호숫가에 스며들어
반짝이는 물결에 떠가는 얘기 들으려
물고기 한두 마리 튀어 오르다 어느새
물고기들 모여들고 별빛도 내려앉은
관수정 깊어가는 밤, 개구리 울음소리 그윽합니다
수업 시간 딴짓하다 걸린 아이처럼 낚싯줄에 걸려 오는
물고기들, 다시는 딴짓 말라 놓아주면
퐁당, 정신 바짝 차리고 떠나는 물고기들
물고기가 만들고 간 동그라미가 호숫가 저 끝까지 흘러가고
돌멩이 하나가 만든 물수제비도 호숫가 저 끝까지 흘러갑니다
저 던져진 돌멩이 하나
벽남제는 언제까지라도 가슴속에 품고 살겠지요
착한 눈빛의 선생님들 달빛 잠긴 호숫가에서
내가 던진 돌멩이 하나가
누군가의 삶 저 끝까지 물결이 되어 흘러가리란 것을

누군가는 평생 가슴에 품고 살아갈 것이라는 것을
깊은 눈으로 바라보고 있습니다

상춘곡

화란춘성(花蘭春城)하고 만화방창(萬化方暢)이라,
때 좋다 벗님네야 산천(山川) 경개(景槪)를 구경 가세*

밖을 내다보니 미칠 것처럼 따순 봄날
유산가 배우러 아이들 데불고 노하숲**으로 간다,
오후 시간 통째로 내 것으로 만들어
발걸음도 총총히 밖으로 나간다, 저만치
유리창으로 입 꽉 다문 채 바라보는
교장선생님 얼굴 애써 외면하며 팔랑팔랑
나비처럼 날아간다 산천 경개 구경을 간다
때 좋구나 신난 녀석들이
시를 배우면 잠만 자던 녀석들이
알아서 리듬을 탄다 불판을 준비하고
삼겹살 한 접시에 고추 마늘 쌈장
끼고 앉아 한판 잘들도 잡수신다
노하숲 녹음마저 벌컥벌컥 들이켠다

* 조선 시대 잡가 「유산가(遊山歌)」에서 따옴
** 전북 장수 읍내에 있는 숲

기타 치고 노래 부르고 자전거 타고 몇몇 지지배들은
광풍에 흥을 겨워 우줄우줄 춤을 춘다*
봉황산 팔공산이 슬그머니 내려와 함께 하니
기산영수(箕山潁水)가 예 아니냐* 무릉도원이 예 아니냐
유산가 면앙정가 강호사시가를 저절로 습득하니
청춘(青春)을 상춘(賞春)하는 곳이 바로 예 아니냐!

해탈

수능 다음날 구름다리
사물함에 쌓였던 책들 죄다
지상의 트럭 위에 쏟아붓는 용운이
십여 년 고행의 짐을 벗어던진다
고등학교 삼 년 동안
나무소주불, 나무담배보살 게송을 외우며
하루가 멀다하고 와선 수행하던
용운이 입가에 번지는 염화미소!
보라, 저, 트럭 위로 쏟아지는 빛나는 사리들!
해탈의 기운은 반 전체로 퍼져 나가
나머지 아이들도 하나둘
고행의 한세상을 쏟아붓는다
제각각 숨겨 두었던 부처님의 미소가
햇빛보다 눈부시게 펼쳐진다 보라, 저,
살아 부처가 된 이 땅의 아이들!

제 2 부

주왕산 꿀사과

택배로 날아온 주왕산 꿀사과
한입 베어 문 사과가 입 속에서
아사삭, 싱싱하고 달콤한 과즙을 뿜어낸다
저온창고 윙윙거리는 속에서
한겨울을 견뎌 낸 사과가
절정의 맛을 내게 선물해 준다.

그래, 거기,
주왕산 제3폭포 꽁꽁 언 얼음 밑
황량한 주산지 우웅우웅 골짜기 울리던 바람소리
절정의 내 청춘을 묻고 온 곳.

얼음 속에 맨몸 드러낸 채 떨고 있던 주목
시를 쓰며 살겠다는 미친 생각을
그 얼음장 밑에 묻었다.

내 청춘의 심장은 아직 거기
주왕산 제3폭포 밑 혹은 주산지
우웅우웅 바람 부는 그 어드메서

이 겨울을 견디며 남아 있을까

지금이라도 인터넷 검색해서 주문을 하면
내 벌떡이는 청춘의 심장이
택배로 배달되어 날아올 수 있을까
아삭아삭 씹히는 사과처럼
싱싱하고 달콤한 과즙이 남아 있을까.

자취

1

무주에 와서 처음 자취를 시작했다
세상의 말단이 되어 술자리에 끌려 다니는 동안
버려져 있던 양말과 음식 찌꺼기에는
곰팡이가 피어 있다 어떻게 들어왔을까
항상 문을 꼭꼭 닫고 다녔는데
썩은 음식 찌꺼기 위로 날파리들 날고 있다
대체 열려 있는 곳이라곤 없는데 저것들
어떻게 들어왔는가 벽 모서리
거미줄도 있다 거미는 이곳에 제 집을 짓고
두 눈 부릅뜬 채 하루를 저렇게 보냈을 것이다
거꾸로 매달려 흔들림 없이 빛나고 있는 저 눈빛
거미줄을 치우려 하자 온몸으로
거미줄을 흔들어 대며 보내는 저 거침없는 눈빛!
건들지 마라 건들지 마라 보이지 않느냐

무주 하늘 가득 네가 쳐 놓은 저 거미줄!

2

주인집 개는 교회 종소리가 울리면
그 소리를 향해, 하늘을 향해
울부짖고는 했다 무엇이 그 녀석의
마음을 잡아 흔드는 것일까
금방이라도 뛰쳐나가고 싶어 하는 녀석은
제 목에 감겨 있는 개줄 때문에
발버둥만 치다가 그대로 주저앉아 버리곤 했다
개의 눈에는
그렁그렁 눈망울만 매달려 있고
거기 별 몇 개 반짝이고 있었다
이렇게 쓸쓸한 저녁 그러면
내 맘도 저 하늘 어디 울고 있는 별을
쳐다보곤 하는 것인데 문득 내 목에도
감겨 있는 줄이 만져지기도 하는 것인데
개 옆에 쭈그리고 앉아 울부짖고 싶어지는 것인데

달팽이

달팽이 몇 마리 천장에 붙어 있다
창문 밖은 밤사이 태풍이 지나간 흔적
여기저기 파헤쳐진 산자락들
골짜기 울리며 흐르는 거대한 물줄기들
내가 깊은 잠에 든 사이 저 달팽이들
저 멀고도 험한 태풍의 길을 뚫고 온 것이다
내가 깊은 잠에 든 사이
이 조그만 산자락에서는
하늘 가득 쏟아져 내리는 빗줄기와
나무를 뿌리째 흔드는 바람 속을 헤치며
버릴 수 없는 집 한 채 등짝에 짊어진
달팽이들의 아픈 행렬이 있었던 것이다
느리디느린 걸음으로 있는 힘껏 외쳐도
들리지 않던 달팽이들의 처참한 그 소리들이여
내가 깊은 잠에 든 사이
소리 없이 무너져 가는 한세상이 있었던 것이다
하늘이 무너져 내리는 세상에서 살아남아
눈물 흘리며 지나온 자국 천장에 모여 있다
흐느껴 우는 소리 들릴 것만 같다

구천동에서

구천동 맑은 물에 발을 씻는다
얼굴을 씻는다 몽롱해진 정신을 씻는다
맑은 물에는 고기가 모이지 않는다고
세상일은 적당히 더러울 필요가 있다고
아무렇지도 않게 말하는 사람들 속에서
시퍼렇게 젊은 놈 낮술에 취해
얼굴만 벌겋게 달아오른다

구천동 맑은 물에 사는 물고기들
뼛속까지 다 드러내 놓고 사는 저것들
온몸이 경계의 눈빛으로 가득하다
하나같이 날렵하고 작은 몸들
재빨리 어디든 숨을 구석을 찾을 듯한 자세
구천동에 사는 물고기들
물이 너무 맑아 서러운 저것들,
점점 사라져 간다

태풍의 눈

그곳은 맑은 하늘이 가득한 곳
바람 한 점 없이 고요하고 아늑한 곳

항해하는 선박은 주의하시기 바랍니다

소용돌이치는 바람 속으로 항해하는 사람들, 나, 그 속에 있었나 갑판 위에 이 악물고 매달려 여기까지 왔나 태풍의 반경은 넓고도 넓은 것, 항해하는 선박은 주의하시기 바랍니다 주의하시기 바랍니다 아무리 주의를 해도 부서지고 침몰하는 선박, 선박들, 나, 그 속을 뚫고 태풍의 눈에 가 닿을 수 있다고 생각했었나 태풍의 오른쪽에서 왼쪽으로 어쩌다 살아남아 건너온 선박 위, 거기에, 내가, 서 있구나

그곳은 맑고 고요한 하늘이 있다는 곳
바람 소리 한 점 없다는 곳
그곳에 사는 사람들
그 안에서만 사는 사람들

그리고 그 어느 남양 지방 같은 곳

끊임없이 텅 빈 욕망을 메우려는 수증기들
그곳에 가고 싶어
한 번만이라도 보고 싶어
한 번만이라도 살아 보고 싶어

이 땅에서 한 번도 방향을 바꾼 적 없는 그곳
살아서는 절대 갈 수 없는 그곳.

항해하는 선박들은 주의하시기를 바랍니다
죽을 각오를 하시기 바랍니다!

카레밥 추억

전경으로 차출되고 한동안 설사를 했던 날들
아스팔트 연병장에 대가리 처박고 박박 기던 날들
이유도 모른 채 진압 훈련 하다 보면 뒤틀려 오던 뱃속
있는 힘껏 괄약근을 조여 봐도 어느새
축축하게 아랫도리를 적시던 내 젊은 날의 소화불량

부산시 남구 용당동, 전투경찰이 되어
처음으로 시위 진압 나갔던 날
개나리 꽃망울처럼 막 터져 나가야 할 내 젊음이
장님들의 생존권을 마구마구 짓밟던 날
보이지도 않는 세상을 더듬으며 온몸으로 행진하던,
힘없는 노인들을 국가의 이름으로 무참히 짓밟던 날
멍하니 하늘만 바라보다 고참한테 구타당했던 날
멍든 몸과 마음으로 도시락을 받았던 날
차가운 아스팔트 바닥에 앉아 먹던 점심
설사똥 같은 카레밥 바라보다 쿠엑,
내 안의 모든 것을 토해냈던 날 지울 수 없는 그날

그리고 재래시장 입구

재개발 플래카드 방패로 보호하며
시장 상인들을, 우리 엄마 같은 사람들을 내쫓던 날
온몸으로 저항하는 엄마들 군홧발로 조인트 까던 날
잊을 수 없던 날 아아 엄마들이 마지막 힘을 다해 던지던
검정 봉지, 내 머리 위에서 터져 흐르던 그,
카레 같은 똥줄기들.

내 별명은 태국 왕자

내 별명을 만들어 준 그 시절, 고등학교
건물 뒤편에서 너는 맞고 있었지
태국에서 건너온 아이 너와
형제처럼 닮은 내 별명은 태국 왕자,
그 나라에서 훌륭한 아이였을 너는
이 땅에선 키 작고 까만, 가난한 나라의 아이
함부로 욕하고 때려도 상관없는 아이
매 맞고 살아도 기죽지 않고 대거리하며 살던 너
후미진 골목에서 맞고 있었지
벽돌을 깨서 던지고 자전거 체인으로 휘두르며
개새끼, 씹새끼 욕을 해 대는 이 땅의 아이들
그 모습을 못 본 채 지나갔던 나는,
나는
자랑스러운 단일민족의 후예
피투성이 얼굴을 하면서도 당당하게 맞서던 너는
이 나라에서 배운 말 한마디 내뱉고는 떠나갔었지
피투성이 얼굴보다 더 오래 기억될 아픈 울림
— 야 이 씹새끼들아!
너에게는 지금도

대한민국은 씹새끼들의 나라로 기억되고 있을까
나를 태국 왕자로 만들고 간 너는
수많은 씹새끼들 중 하나로
나를 기억하고 있을까

처용에게

춤을 추려거든 망나니의 춤을 추거라
한 손에 서슬 퍼런 칼이라도 들고
그놈 모가지를 겨누고서 미친 춤을 추거라
처용이여, 이 나라의 쓸쓸한 삶이여.
제 아내 빼앗기고도 춤밖에 출 수 없었던
서러운 사내의 울분을
관용이라 가르치는 나라에서 죽지도 않고
천 년의 세월을 뚜벅뚜벅 걷고 또 걸어온
처용이여, 이제
네 아내를 빼앗은 그놈의 면상을 후려쳐라
그놈의 모가지에 칼을 들이밀고
망나니의 춤을 추거라.

헛것이나 몰아내는 부적이 되지 말고
귀신이나 쫓아다니는 무당이 되지 말고
그늘진 역사의 모가지를 뎅겅 쳐 내거라
한 줌의 권력을 잡기 위해
체면도 절개도 지키지 못하고 무릎 꿇고
나라도 아낙도 다 팔아먹고도 멀쩡히 살아남아

힘없는 너희들의 아내만 윤간했던 더러운 역사 앞에서
흐린 달빛 아래 흘리던 눈물과 서러운 춤사위를
이제는 그만 접어라 가슴에 차오르는 울분을
삭이지 말거라 청룡도를 휘두르거라
천금을 줄까 처용아비야, 칠보를 줄까 처용아비야*
달콤한 말 속 그 어느 시대에도 태평성대는 없었느니
오욕으로 점철된 역사의 모가지를 뎅겅 베거라!

* 고려가요 「처용가」 인용

천반산* 구랑천에서 낚시를 하다

가짜 미끼 덥석 문 쏘가리 한 마리 끌려 올라온다
온몸에 독기를 뿜어 대며 미친 듯 팔딱거리는
저 쏘가리, 워낙 경계심이 강해 큰 바위 밑에 숨어
살아 있는 것들만 닥치는 대로 잡아먹는 저 쏘가리,
가짜 미끼 하나 덥석 물고 저 죽을까 봐
미친 듯이 독기를 뿜어 대며
조선 팔도 말깨나 하는 것들 죄다 잡아먹었던
슬픈 역사가 여기에 있었다
팔딱거리는 쏘가리 숨통을 단숨에 끊고
회를 뜬다 내장에 득실거리는 디스토마균,
그렇게 병든 역사를 도려내고 싱싱한 속살을,
싱싱한 쏘가리회를 먹는다
돌이킬 수 없는 세월들을 생각하며
천반산, 깨어 있고자 했던 정신을 생각하며
쏘가리회를 안주 삼아 역사의 한 자락을 씹어 삼킨다.

* 진안군 동향면에 있는 산, 정여립과 기축사화(己丑士禍)의 슬픈 역사의 흔적이 남아 있는 곳

밴댕이

아가리 크게 벌린 채
낚시에 줄줄이 꿰어 죽어 있는 밴댕이들
밤새도록 낚싯바늘 빼내려고
살려줘살려줘살려줘 소리친 흔적
벌어진 아가리에 덕지덕지 붙어 있다
한입에 덥석 문 바늘
한번 문 바늘은 절대 빠지지 않는다
가늘고 조그맣고 날카로운 바늘
두 눈 부릅뜨고서도 달려든 낚싯바늘
피할 수 없는 치명적인 유혹!

한번 물면 아무리 발버둥쳐도 절대 빠지지 않는다

손오공을 꿈꾸며

손오공처럼 구름을 타고 싶던 어린 시절의 꿈을
마침내 이루어 냈어요 아침마다
전주에서 진안을 거쳐 장수로 오는 길
하늘로 오르는 고속도로를 씽씽 달리다 보면
어느새 나는 근두운을 탄 손오공, 시속 130km를 넘나들며
아무렇지도 않게 구름 위를 달리고 있죠
짜릿함을 즐기는 나날들, 서천 서역국은 꿈꾸지 않아요
세상이 부처님 손바닥이라 해도 나는
그 안에서만 살래요 구름 위를 붕붕 떠다니면서
떨어지지 않고 살 수만 있다면 그뿐이에요
비바람 불고 천둥 번개 치는 날엔
스릴과 서스펜스를 맘껏 느낄 수 있어요
아직 나에겐 없는 초능력, 어쩌면 나는
산골짜기 어딘가로 처박힐지도 몰라요 어쩌면
서천 서역국은 고속도로 밑인지도 몰라요
날이면 날마다 서천 서역국 위를 붕붕 날고 있어요
태풍이 불고 눈보라가 치는 날에도 나는
구름 속을 달려야 해요 이 아찔한 세상을 살아 내야만 해요

손오공처럼 초능력이 생길 때까지
구름 위에 사뿐히 앉을 수 있을 때까지

파리

보고 싶은 마음이 시속 300km로 달려간다는
세상에서 가장 행복한 곳으로 당신을 보내라는*
KTX, 그 KTX 유리창에 파리 한 마리 앉아 있다
시속 300km 저 너머 행복은 있을까
무지갯빛 넘쳐나는 유리창에 낮은 포복을 하고 있다
팔다리 단단히 유리창에 붙이고
밀려오는 바람에 맞서고 있다
점점 거세지는 바람소리 귓속을 후벼 파고
온몸이 앞뒤로 흔들리고 팔다리가 후들거려도
이 악물고 버티고 있다
엄청난 가속도 앞에서 휘몰아치는 바람 앞에서
파리는 자꾸만 흘러내리는 눈물로
앞도 볼 수 없을 것이다
저 멀고 먼 곳 세상에서 가장 행복한 곳
열차가 어두운 터널 안을 달리는 순간
긴장의 끈을 놓친 파리, 유리창에서 휙 하고 떨어져 나갔다
열차는 아무 일 없다는 듯이 시속 300km로 달려가고

* KTX 광고

파리의 팔다리 자국만 어렴풋이 남은 유리창엔

행복으로 달려가는 부푼 햇살이 가득 넘쳐나고 있다

희귀 돌고래 바이지*

1
양쯔강 탁한 물에서도 잘 살던 희귀 돌고래 바이지
더러운 물에 사느라 반은 장님 반은 귀머거리였다지

장님 귀머거리로도 멀쩡히 잘 살던 돌고래들이
멸종해 버린 이유가 단지 소음 때문이었다니!

상상해 보라 바이지들이
바지선 석탄선 유람선이 내는 소리에 끌려,

주파수가 다른 소리에 홀려
프로펠러에 잘려 죽고 보트에 대가리를 처박는 모습.

2
여기,
멸종하지 않은 희귀 돌고래들
아직 대한민국에 살고 있다

* 문정우, 『나는 읽는다』 참조

꽃 피는 돼지

아빠 돼지 몸에서도 싹이 나?
사람들이 왜 돼지를 땅에다 심어?

그래 어쩌면 언젠가 저 파묻힌 돼지들
몸에서 싹이 나 꽃 피는 돼지들,
꽃잎마다 대가리를 내밀고
살랑이는 바람 따라 우히히힝 킬킬킬킬
따뜻한 햇살 아래 웃고 있을까

돼지꽃 핀 건 돼지감자 파보나마나 돼지감자
송아지꽃 핀 건 소감자 파보나마나 소감자*

그리고
닭의 발목을 잡아채듯 덩굴 줄기 힘차게 당기면
줄줄 달려 나올 닭고구마 오리고구마

새로운 식량으로 거듭날까 거듭날 수 있을까

* 권태웅, 「감자꽃」 차용

생태탕

금화가든에 앉아
오랜만에 시킨 생태탕

동태 일본산
생태 러시아산

러시아 어부들이
후쿠시마 인근에서 어업을 한다는 소식

그러거나 말거나
보글보글 끓는 생태탕

보글보글 끓는 방사능,
한입 가득 입안에 넣는다

오염된 지구가
내 몸속에서 부글부글 끓어오른다

숲

1

이른 아침 숲에 올라 나는 보았네
아무렇지도 않게 옷 벗고 목욕하는 여인들
안개 끌어모아 몸 씻는 숲
얼굴은 안개로 가린 채 늘씬한 종아리들
서로서로 뽐내고 있었네
그러다 안개가 손 흔들고 떠나면
언제 그랬냐는 듯 능청스럽게
웃으며 서 있네 산뜻한 모습으로
싱싱한 몸매 자랑도 하네
날마다 아침마다 안개로 목욕하는
숲은 언제나 젊은 여인
지친 내가 되살아나네 이른 아침
늘씬한 숲의 종아리 끌어안으면
어느새 싱싱해지는 내 몸

2

햇볕과 눈은 지금 연애 중이다
햇볕이 그 달변의 혓바닥으로 눈을 꼬드기고 있다

질펀하게 눈들은 녹아나고
몇몇 눈들만 저만치 달아나 바싹 움츠려있다
땅 속으로 녹아든 눈들 계곡의 얼음을 녹이고
어느새 불어난 계곡의 물소리
잠들어 있던 나무들을 흔들어 깨운다
이제 막 깨어난 나무들
콸콸콸 흐르는 물소리에 얼굴을 씻고
너무 맑은 물소리 참다못해
머리 감으려다 허리 꺾인 나무도 있다
산은 지금 온통 아우성이다 봄바람 난 처녀처럼
산들바람 어서 불어라 나무들 몸부림친다
근질근질 가려운 몸뚱이 긁어 줄 봄바람 기다리고 있다
하늘에 있는 해는 연신 껄껄 웃고 있다

3
흑석골*에 다녀온 날은
내 발걸음에 계곡 물소리 묻어와

* 전주시 서서학동에 있는 골짜기

버스 안에도 도로 위에도 가득 흘러넘쳤지요
돌돌돌돌 돌돌돌돌 돌돌돌돌
흐르고 흘러 도심 한복판이 또다른 골짜기 되고
갈겨니들의 수군거림이 아스팔트 위에도
당신의 찌든 얼굴에도 맑고 맑게 흘러넘쳤지요
생각나나요? 돌돌돌 흐르는 물소리에
얼굴 씻은 나무들이 웃던 소리들
어디 한번 따라해 보세요
하하하 하하하 하하하하하
하하하 하하하 하하하하하
마음 한편 맑게 비춰 주던 그 소리
지금은 당신도 나도 아스팔트만 뚫어져라 달리는 인생,
내 안의 흑석골 골짜기는 다 말라 버렸지요
멀지도 않고 코앞에 남아 있는 내 안의 숲과 계곡,
우리 더 늦기 전에 흑석골에 다시 가 봐요
갈겨니의 숨소리 사라지기 전에

고인돌 공원

아무래도 이 우주에는 내가 알아듣지 못하는
수천수만의 말들이 떠다니고 있는 것이다
이제 두 살 된 딸아이가 고인돌을 향해
뭐라뭐라 말을 한다
나와 아내는 도저히 알아들을 수 없는
어쩌면 그것은 우주의 언어,
저 하늘 어딘가
멀고 먼 고인돌 시대 부족장들의 말들이 흐르고 있을까
생각해 보면 나는 휴대폰을 통해 전해 오는
인간의 말들만 겨우 건져 낼 수 있을 뿐이다
엄마, 아하하하, ??????
아이는 고인돌을 손가락으로 가리키며
환하게 웃다가 뭐라 말하는데
나와 아내는 멍하니 선돌처럼 마주 서서
?????????
딸아이의 말을 못 알아듣는 멍청이가 되었다
아이의 손짓 따라 해바라기가, 코스모스가 흔들리고
덮개돌이 들썩이는 것만 같다 어쩌면 저만치서
부족장 하나가 내 아이와 까꿍 놀이를 하고 있을까

우주가 내 아이와 까꿍 놀이를 하고 있을까

무릉원*의 하룻밤

군불로 후끈 달아오른 구들장에 눕자마자
저절로 눈이 감긴다 아내와 딸아이는 벌써
코까지 드르렁드르렁, 잠들어 버린다
발로 아내를 툭 툭 건드려도 소용없다
아직은 초저녁, 둘째를 만들어 보자고, 오랜만에
찐한 연애 한번 하자고 나를 꼬시던 아내는
세상모르고 잠들어 버렸다 나 어떡해 어떡하라구
아내의 살냄새 대신 맡는 장작불 냄새에 취하는
시골 어스름, 시냇물 소리 내 심장으로 들어와
혈관을 타고 온몸으로 퍼져 나간다 굴뚝 위로
저녁연기도 흐른다 내 몸이 저 시냇물 따라
저녁연기 따라 은하수 한복판까지 날아갈 것만 같다
아궁이 가득 들어찬 숯불 끄집어내
고구마를 얹었다 군고구마 냄새 내 혀를 핥는다
그 냄새에 환장한 아내가 잠에서 깬다
딸아이도 눈 비비고 일어난다
세 식구 둘러 앉아 군고구마 먹는다 이렇게

* 전북 진안군 주천면 무릉리 강촌마을

고구마를 맛있게 먹는 건 처음 본다고 아내는
두 눈을 똥그랗게 뜨고 나를 쳐다본다
윤슬아, 별 구경 가자 달구경 가자
세 식구 하늘 가득 차려진 별들을 바라본다
아이가 손가락으로 가리키며 엄마, 별, 엄마, 달 한다
엄마, 야옹이, 엄마, 멈멍이, 시냇물 소리에 섞여
아이의 맑은 음성이 나와 아내의 귓가를 적신다
한번 달아오른 구들장은 쉽사리 식지 않는다
우리도 한번 달아올라 보자고 은근히 아내를 보채는데
이불 속으로 몸을 던지자마자 아내의 육체 대신
아아 내 몸을 무장해제 시키는 구들장의 힘이여
어느새 아내도 아이도 내 눈도 가물가물
그날 밤 우리는 세상모르고 잤다
아주 맛있게 잠만 쿨쿨 잘 잤다

동승

아 글쎄 그 쬐끄만 청개구리 녀석이
사람으로 치면 이제 겨우 중딩이나 될 놈이
어지간히 시골 생활이 싫었던가 봅니다
장수에서 전주로 퇴근하는 제 차에
저 모르게 터억 하니 먼저 타 있질 뭡니까
와이퍼 밑에 숨어 있다가 고개를 한 번 쏘옥 내밀고
안전운전할 놈인가? 쓰윽 훑어보더니
이내 추~울~발! 외치고는 다시 지 자리로 쏙 들어갑디다
허허참, 졸지에 택시기사 신세로 전주로 출발, 했지요
시골 할배 몰고 나온 딸딸이 피하려다
차가 한 번 휘청했더니 벌떡 깬 두 눈으로
휘영청 밝은 눈빛을 제게 한 번 쏘아보이더니
다시 지 자리로 쏘옥 들어가 안 나오더군요
보따리 하나 없이 달랑 지 몸뚱이 하나로 도시에 가서
무얼 해 먹고살겠다는 겐지 도대체 태평한 얼굴이더군요
어쨌거나 저는 임무 수행을 하고 무사히 전주에 도착했더랬지요
그런데 이놈이 시동 막 끄려던 참에 잠에서 깼는지
후닥닥, 차에서 내려 신나게 토끼더란 말입니다

돈 한 푼 안 내고 무임승차한 것이 괘씸하긴 했지만
혼자 오는 길이 적적하진 않았기에 그냥 가게 내버려뒀지요
그러고는 주말을 보내고 다시 출근길이 되어서
혹여나 하고 그 녀석을 기다렸습니다 이쯤 되면
저도 배고파 집 생각이 나겠지 하고 생각했습죠
헌데 아무리 기다려도 놈은 나타나지 않았습니다
출근길 내내 그놈이 있던 자리에 자꾸만 눈길이 갔지요
머릿속에서 자꾸만 그 똘망한 눈망울이 생각나더라구요
어디 가 밥이나 굶지는 않는지 도로에 깔려 죽지는 않았는지.

훔쳐보기

출근길 버스 맨 뒷좌석의 여자
잠들어 있네 짧은 치마 입고서 가랑이 벌린 채
옆에 섰던 아저씨 쯧쯧 혀를 차면서도 눈은
그 여자 허벅지 사이를 더듬네 나도
아저씨 눈길 따라 허연 허벅지를 더듬고
바쁜 출근길 사람들 눈길도 그 여자 허벅지 근처에서
바쁘게 움직이네 서로 눈길 마주치면 흠흠 헛기침하네
그래도 그 여자 웃고 있었네 무슨 꿈을 꾸는 걸까
입가에는 행복한 침이 흘러내리네
그 모습 너무 좋아 보여 까짓것 나도
저렇게 행복한 모습일 수 있다면
바지 지퍼쯤 활짝 열어둔 채로 그 여자
어깨에 기대어 잠들고 싶네 입가에는 적당히
침도 흘리면서 종점에 닿도록 잠들고 싶네
차에서 내린 내 눈은 여전히 그 여자 더듬고 있네
내가 훔쳐본 것은 그 여자 속살이었나 행복한 꿈속이었나
버스가 종점에 닿을 때까지 그 여자 행복한 꿈 꾸기를 바라네
인생의 저 끝에 닿을 때까지 그 여자 행복한 침 흘러넘치

길 바라네

망해사

김제 만경 누렇게 익은 들판
코스모스길
자전거로 달리면
온몸에 벼 냄새가 매달려
가슴까지 뻐근해지도록 넉넉했던 길

심포항에서 철마다 구경하던
꽃게 주꾸미 갑오징어 바지락 백합 대하
사람살이보다도 더 바지런하던
갯벌 속 세상
비 오는 날 호미 한 자루 쥐고
뻘밭을 히히덕거리며 뒤적이던 일들

만경들을 휘휘 달려 온 바람이
진봉산 고갯마루에 걸터앉아
파— 하고 숨을 내뱉은 절벽 아래로
펼쳐져 있던 서해 바다

그리고 저 望海寺,

갯벌과 바다를 넉넉히 안고서도
소박하게 우리를 맞이하던 고즈넉함
바다로 난 쪽문을 열고
똥을 누던 해우소
들판과 바다를 아우르는 곳에
슬며시 이승과 저승의 돌다리가 되어 주던
수많은 기도문들

이제는 글로나 남겨 둬야 할 아련한 기억들

제3부

낡은 일기장에서

나는 필사적으로 닭을 잡아 하늘에 날리곤 했었어
날아 봐 날아 봐 그때마다 고작 몇 미터 저만큼에서
날개 달린 절망이 떨어져 내렸지
막대기를 들고 닭을 쫓았어 닭은 집 밖으로
달아났지 돌아오지 말아라 차라리
한 마리 치타처럼 운동장을 달리던 나는
축구 선수가 꿈이었어 아무리 달려도
넘치는 맥박으로 들끓던 날들
— 오늘 시합 있어요 차비 좀……
백 원짜리 동전 하나 마루 위를 구르다
툭
마당으로 떨어져 내렸지

꿈을 꾸었네 나를 공격하는 닭
하늘로 후두둑 날아오르며 내 눈 하나를 채갔지
아, 아프기는 했지만 나는 기뻤어
그래 너도 날 수 있다구 힘껏 날아 봐 내 눈 하나쯤
상관없어 닭은 아주 힘찬 날갯짓으로 하늘 저 끝까지 날
았어

잠 깨보니 닭은 마루 밑에 얌전히 돌아와 있었지
나는 그대로 달려들어 모가지를 비틀어 버렸어!
땅을 파고 묻어 버렸지
— 닭이 어디 갔다냐? 왜 보이질 않아?
— 내가 어떻게 알아? 닭도 이 집구석이 싫은가 보지

내 사타구니에 거웃이 피어나고 있었지
그해, 처음으로 가출을 꿈꾸던 날들

졸업

바람이 어깨를 툭툭 쳐 주자 나무들은 나 살아 있어, 살아 있어 온몸을 흔들어 댔다 우리는 세월이 던져주고 간 사각모 하나씩을 쓰고서 여기저기 흩어져 오늘만큼은 건강한 치아를 드러내며 서둘러 사진을 찍었다 2월의 절벽 앞에 멈춰선 우리들, 잠시 바람이 어루만져 주던 학사복을 벗고 주점으로 갔다 명절 때면 도서관 모퉁이 빈 의자와 함께 피던 담배 연기가, 텁텁한 막걸리에 뒤섞여 있었다 모두들 말이 없었다 공무원 시험을 준비하던 녀석은 말없이 학위 수여증을 찢었다 대학 4년을 마쳤지만 세상을 어떻게 살아야 하나, 아무도 말하지 못했다 거리로 나서 모두들 흩어졌지만, 언젠가 우리가 다시 만났을 때 우리는 어느 곳에 이 빈 몸뚱이를 뿌리내리고 나 살아 있어, 살아 있어 몸 흔들고 있을까

꿈
– 노량진 고시원

나는 한 마리 정자, 열심히 앞만 보고
앞만 보고 달렸네
축축한 팬티의 서러운 촉감

잠에서 막 깨어 내 방을 봤을 때
내 눈에 들어오는 것들
한 평도 안 되는 이 좁은 공간에는
책상 하나 내 몸뚱이 겨우 덮어 줄 이불 하나 베개 하나
그리고 아직 서른도 되지 않은
시퍼렇게 젊은 나 하나

햇빛도 들지 않는 방에서
수음을 하네 인간이 되겠다고
열심히 달려나와 쓰레기통에 처박히는 정자들
그게 바로 나인걸, 그게 바로 젊은 우리들인걸,

어쩌면 나는, 고시원에 사는 우리들은,
세상을 향해 방출되기만을 기다리고 있는 무수한 정자들,
여기는, 아직 아버지의 고환 속

겨울 담쟁이

뿌리를 다 뽑아내고서야 볼 수 있었다
담쟁이덩굴, 그 질긴 삶이 만든 실금들
그 틈으로 뼛속까지 사무쳤을 찬바람들
그렇게 네 삶은 실금만 가득한 담벼락이었다
필사적으로 너에게 매달려 살아온 너의 형
벌떡이는 심장을 매단 담쟁이로 다시 피어나길
기다리던 길고 긴 세월들
삶을 갈구하는 그 눈빛만 시퍼렇게 살아
너의 삶을 조금씩, 조금씩, 갉아먹었던
네 형이 저 세상으로 가던 날
눈 덮인 장례식장으로 많은 사람들이 다녀갔지만
갈라 터진 너의 삶은 아무도 보질 못했다
갈라 터진 삶 속으로 녹아 흐르는 눈은
또 얼마나 네 심장에 시리게 가 닿았을까
형의 마지막 뿌리를 뽑아내던 날,
이 악물고 뿌리를 뽑아낼 수밖에 없던 날,
그 질긴 세월을 살아 냈던 두 눈동자가
흔들리더라고, 차마 마주볼 수 없게 흔들리고 있더라고,
끝내 너는 울음을 참지 못했다

허나 너는 아는가 그 울음 뒤에
생채기 가득한 생의 담벼락을 껴안고 버텨 내야 할
찬바람만 부는, 또 다른 너만의 세월들이 기다리고 있다는 걸

하루살이

강원도 정선군 고한읍 정암사 수마노탑
하루살이 한 마리
비에 젖은 몸으로 앉아 있다
온 생애 비 내리는 풍경
석가모니 사리만 만지작거리다
그렇게 저물어 가는 생 하나 여기 있다

모기

새끼 낳아 기른다는 것
한목숨 온전히 걸어야 한다는 것

폐업

폐업 완전망함 왕창세일 반값떨이

손님이 없던 가게는
폐업 선언을 하고 나서야 붐볐다
그것도 잠깐, 괜찮은 물건 다 나간 가게는
예전처럼 다시 썰렁해졌다

폐업, 저 낱말들을 붙이기까지
주인아저씨의 얼굴은 언제나
흙빛이었다 흙으로 태어나서 흙으로
돌아가는 인생, 반값도 안 되는 누추한
인생의 막바지에
폐업,
마지막 딱지를 스스로 붙였다

그리고 廢業,
가지가 많이 달린 저 단어에는
주인아저씨가 손을 빌렸던
수많은 사람들의 삶도 매달려 있는 것이다

이제 곧 흙빛으로 변해 갈 사람들의 얼굴이

자동차에 대하여

요 며칠 오르막길에서 크르릉크르릉
가쁜 숨을 몰아쉬던 내 차를
마침내 보내 주기로 한다
20만 킬로미터의 시간 속에
저 임진강에서 땅끝마을까지
호미곶에서 통일전망대까지
너는 내 목숨을 싣고 달렸다
고마워 이제는 편히 쉬렴

종잇장처럼 구겨지는 너
아무 감정 없이 바라보는 나

끼리릭끽끾끼끽끽끽끽
고통스럽게 뱉어 내는 소리

추억을 바스러뜨리는 소리!

가슴에 남은 사랑

홀로 투망질을 합니다
그물에 건져 올려지는 것
물과 물고기는 하나라는데
떨어져서는 살 수 없다는데
물은 저 혼자
그물 사이로 빠져나가 버리고
물고기는
저를 버린 물만 바라보고
아직 제 눈 속에 담긴 물이 그리운지
물고기는 제 온 힘을 다해
팔딱팔딱!

저
살아 팔딱팔딱 뛰는 물고기 같은 것
저 말 못 하는 그리움 같은 것

곰소에서

그해 곰소에서 나는 보았네
마음 떠난 사람 붙잡으면 붙잡을수록
온 힘 다해 빠져나가려는 것을
죽을힘 다해
내 몸에서 발을 빼던 당신
뻘밭 가득 새겨진 당신 발자국
뒤돌아보며 진저리치던 당신.

수많은 사람들과 자동차가 지나다녀도
눈길 한 번 주지 않는 그곳
밀물이 들어왔다 빠져나가고
갈매기들 앉았다 날아간 곳
내 눈엔 아직도 밟히는 저 발자국들
세월 지나도 그대로 남아 있었네.

죽었어요

별세, 승천, 소천, 운명, 돌아가시다,
그 많은 부고장들 중에서

형님창민이가죽었어요.
선생님은종이가,은종이가죽었어요.

죽었어요, 이 단어는

왜 이리 가슴에 더 시리게 박히는가.

겨울, 들판에서

찬바람 우우우 불어와서
겨울 들판 그 맨얼굴을 훑고 지나간다
황량한 논두렁에는
추위에 떨고 있는 벼 그루터기들
움츠릴 몸도 없어
더 추운 저것들 좌우로 나란히
좁힐 수 없는 간격을 사이에 두고
마냥 떨고만 있네
그대 기억하는가
서로 몸 부비며 자라나던 저것들
어느 날부턴가 고개 떨구며 살던 모습
벼는 익을수록 베어지는 숙명
뿌리 속까지 얼음장이 내려
한겨울을 힘겹게 견뎌 내어도
봄이 되면 갈아엎어질 운명

고추말리기

보세요 어머니 저기 저 마당가
햇빛과 고추가 나누는 대화의 소리
온종일 마당가에 모여 뜨겁게뜨겁게 주고받는 말소리
어제는 어머니 비가 왔지요
천둥과 번개가 치고 무섭게 쏟아지는 빗줄기
비 맞은 고추들은 마당 한구석에서
썩어 가고 있었지요 어머니, 당신과 나,
먹구름만 가득 채우고 살아온 나날들.
보세요 어머니 저기 저 마당가
서로가 서로에게 스며들며 나누는 대화의 소리
한바탕 뜨겁게 고추는 햇빛을 머금고
햇빛은 고추를 어루만지는 마당가의 소란거림
투명하게 드러나는 고추의 속내 그 위에서
꺄르르 웃는 햇살의 소리
한층 성숙한 햇살 맑고 투명한 고추 꼭 그만큼
마당가 감나무도 대추나무도 붉게 물들어
잘 익어 가는 가을, 보세요 어머니.

공든 탑은 무너진다

공든 탑이 무너졌다 그해 겨울
세상에 태어나 처음으로 어머니 앞에서
짐승처럼 울었다는
그의 삶이 함부로 무너져 내렸다
세상에 꼭꼭 숨은 희망의 작은 벽돌들
맨주먹으로 하나하나 쌓아 올렸던
공든 탑이 무너진 자리
빨간 딱지들만 다닥다닥 붙어 있었다
여우 같은 마누라 토끼 같은 자식들
작지만 사람 냄새 가득한 집 하나 얻어 산다던
그의 소박한 꿈이 한 줌 모래알처럼
무너져 버렸다 아이들은 여전히 명랑했지만
이따금 그림 속에다 빨간 딱지를 붙인
그의 얼굴을 그려놓곤 하였다
지진처럼 찾아 온 외환위기의 한파 속에서도
여진으로 흔들리던 가게마저 다 털어 달아난
직원 찾아 헤매고 다닐 때도
두 눈 부릅뜨고 버텨 냈던 그가
참았던 눈물을 쏟아 냈던 날은

아파트가 경매로 넘어갔던 날이었다
그해 겨울, 무너진 탑 주위에서
아무리 많은 옷을 껴입어도
찬바람이 자꾸만 몸속으로 파고든다고
아이들은 말했다

빗물 속의 아버지

공동묘지에는 가난한 귀신들이 모여 산다는,
미신으로만 흘려듣던 이야기들이 오늘 밤
빗물에 섞여 내 가슴에 후두둑 떨어집니다.
모악산 끝자락 비탈진 언덕바지
공동묘지 반지하에 세 든 아버지
십 년 넘는 세월을 이승의 끝자락
그 어드메서 담배나 피우고 계실까
어젯밤에도 어머니 꿈에 다녀가셨다는 아버지
우리 살던 옛집 그 대문 앞에서
대답 없는 문만 두드리다
철 철 내리는 비에 젖은 담배꽁초 하나 태우셨을까
무덤 위에 뚫린 두더지 구멍
뒤척이기도 비좁은 이승의 마지막 셋방,
온몸이 빗물 속에 잠겨드는 밤이면
맨발로 철퍽철퍽
도로 위를 하염없이 달려 어머니 꿈에
찾아온다는 아버지, 살아 가난한 삶 죽어서
저승 어느 언저리에 셋방 하나 구하지 못하고
이렇게 비 오는 밤, 십 년 넘는 세월

이승의 빗속을 헤매고 계실까.

꿈
– 아, 대한민국

꿈을 꾸었습니다 어디선가
우리나라 하늘 위로 날아와 자리 잡은 낯선 섬
정부는 서둘러 그 땅이 대한민국 영토임을 선포하였고
누구라도 그 땅을 개척해도 좋다고 발표했습니다
저 까마득한 하늘가 쳐다보기도 어지러운 그 섬
사람들은 어느새 그 섬으로 올라가기 위해
사다리를 놓기 시작했습니다
내 땅 한 평 갖겠다는 소망이 만들어 내는 위태로운 곡예
어디서 이렇게 많기도 많은 사람들이 왔을까
이 지상과 저 하늘 위를 연결하는 유일한 길
그 사다리에 새까맣게 매달린 사람들
아차, 하는 순간 그대로 떨어져 죽을 그 아찔함
가진 거라고는 맨주먹뿐인 사람들이
다닥다닥 붙어 천상의 꿈을 향해 매달려 가고 있었습니다
그 속에 아버지, 평생 사글셋방 전전하던
폐병쟁이 아버지가 쿨럭쿨럭 받은기침 뱉어 내며
대롱대롱 매달려 있었습니다
아아 가슴 한편이 아른거려와 나는
한참을 울었습니다

꿈속에서도 가난한 삶을 등에 짊어진 아버지,
위태로운 헛발질만 계속하고 있었습니다

편지

아버지 오늘 밤도 별빛 덮고 주무시나요. 거기 어린 새끼들 품은 누렁이도 있나요. 천막 속에서 주무시던 그날 밤처럼 오늘도 많은 별빛이 아버지 있던 그곳 언저리에 내려와 있네요. 우리 살던 옛집에는 지금 고추며 상추들이 잘 자라고 있네요. 이것들은 제 스무 살까지의 기억들을, 아버지의 쓸쓸했을 삶을 먹으며 자라고 있을까요.

우리집 불나던 날, 저는 차라리 잘 되었다고 생각했습니다. 그깟 집, 친구들한테 보이기도 싫었던 초가집, 그래 다 타 버려서 속이 다 시원하다고. 아무것도 할 수 없었던, 아무런 꿈도 꿀 수 없었던 그 집이 싫었고, 아무것도 해 줄 수 없었던 아버지가 싫었기 때문이었죠. 허나 아버지, 당신의 눈물을 봤던 것도 그때가 처음이었습니다. 제가 집에 도착했을 때 이미 집은 다 타 버린 상태였고, 어린 새끼들을 불더미 속에서 겨우 빼내 온 누렁이만이 제 새끼들을 품고 있을 뿐, 당신은 보이지 않았습니다. 옆집에 계시던 어머니 우시면서, 이제 어떻게 하냐 이제 어떻게 사냐 니 아버지 좀 찾아 봐라 어디로 사라져 버렸다 말씀하셨고, 아버지, 당신을 찾아 나섰을 때, 당신은 윗동네 골목 모퉁이에 쭈그리고 앉아 혼자 울고 계셨죠. 그때 전 당신이 정말 싫었습니다. 이미 무너질

대로 무너져버린 가장의 모습. 병들어 노동력도 상실해 버린, 그나마 살던 사글셋집 불타 버리고 남은 거라고는 초라하게 울고 있는 가장의 모습.

그런데 다음 순간, 아버지를 등에 업었을 때, 아, 등에 느껴지던 당신 생의 무게. 아버지의 생은 다 어디로 빠져나간 걸까요. 당신의 삶은 어디에서 모두 지쳐 쓰러져 돌아오지 않고 빈 껍질로만 남은 걸까요. 그때 저는 처음으로 당신의 삶에 대해서 생각했습니다. 그리고 식구들 모두 친척 집으로, 친구 집으로, 때 아닌 분가 생활을 해야 했을 때 아버지, 당신은 불타 버린 집 텃밭에 천막을 치고 홀로 주무셨죠. 어머니와 함께 잠시 들렀을 때 처음으로 당신 때문에 제 눈에 눈물이 고이더군요. 자식들을 위해서 아무것도 해 줄 수 없었던 당신, 평생을 살고도 가난밖에 물려줄 수 없었던 당신. 이제 오랜 병으로 더 이상 무엇을 향해, 앞날을 향해 달려 나갈 수 없었던 당신. 거기 다 타 버린 잿더미 속에 당신의 삶도 있었던 걸까요. 아무도 기억하고 싶지 않은 초라한 집터에 당신은 혼자 천막을 치고 주무셨지요. 그 안에 홀로 쓸쓸히 누워 계실 당신을 생각하니 가슴이 먹먹해져 하늘만 바라봤지요. 그래도 수많은 별들이 떠서 당신의 고달픈 잠을 위로해 주고 있더군요.

요즘 저는 안치환 씨의 노래 〈우물 안 개구리〉를 가끔 들어요. 그 가사 중에 이런 대목이 있더군요. “어쩌면 나는 우물 안 개구리, 알면서도 이 길 포기할 순 없었어. 넓은 하늘을 다 볼 순 없어도 눈에 어린 것만이라도 껴안을 수 있다면 나의 삶은 커라……” 그리고 저는 선생이 되었습니다. 시골 학교의 가난한 아이들을 가르치고 있지요. 아버지, 당신이 물려주신 지긋지긋한 가난을 벗어나고 싶었던 나, 그래서 아버지를 한 번도 사랑한 적이 없었던 나. 저는 가난하게 살아가는 아이들의 삶에서 제 어린 시절을 봅니다. 넋두리처럼 자신들의 삶을 풀어 놓는 아이들과 한숨이 뒤섞여 있는 학부모들의 얘기를 들을 때면, 아버지, 당신의 모습이 떠오르곤 했습니다. 그러다 문득, 〈우물 안 개구리〉 노래 가사처럼, 내 눈에 어려 있는 세상만이라도 껴안을 수 있다면, 그럴 수만 있다면, 그것이 이 세상 어떤 일보다도 큰 삶일 거라고 생각하게 되었어요. 아버지의 삶을, 제가 가르치고 있는 아이들의 삶을 저는 얼마나 껴안을 수 있을까요.

아버지 저는 지금 아이들에게 서른 살을 전후해서 자기만의 이력서를 하나씩 써 두라고 이야기를 한답니다. 좋은 직장을 가졌든, 가난한 노동자로 살든 그 사람의 젊은 날의 열정과 땀과 방황과 좌절, 갈등과 도전, 그리고 사랑은 그 자체로 아름다운 것인데, 취직을 위한 이력서에는, 우리 눈앞에 보이는 그 사람의 삶은 단 몇 줄에 불과하기 때문입니다. 아버지, 제 눈에 비쳤던 당신의 삶도 단 몇 줄에 불과할 뿐이었습니다. 당신의 젊은 날은 어땠을까요. 저도 이제 저만의 이력서를 써야 할 때가 온 것 같습니다. 그리고 아버지의 이야기도 써 둬야 할 것 같습니다. 이제야 비로소 당신의 삶을 조금이나마 껴안을 수 있을 것 같기 때문입니다.

아버지, 산소에 자주 들르지 못하더라도 용서하세요. 당신이 못 견디게 생각날 때, 당신의 삶을 다시 생각해 보고 싶을 때 저는 우리 살던 옛 집터를 다시 찾을 생각입니다. 아버지가 천막을 치고 주무시던 그날 밤을 영원토록 제 가슴속 깊이 남겨 둬야 할 테니까요. 그리고 아버지의 삶을 거름 삼아서 잘 자라고 있는 고추며 상추들을 볼 수 있으니까요. 그리고 제가 제 삶을 더 열심히 살고 난 후에, 제 눈에 어려 있는 세상만이라도 온전히 껴안을 수 있을 때쯤에서야 이렇게 말할 수 있을 것 같아요. 아버지 사실은 당신을, 정말, 사랑했노라고.

서정과 현실의 사이

이희중(시인, 문학평론가)

1

이근영 시인과 알고 지낸 지 스무 해가 조금 넘었다. 선생과 학생의 인연으로 만났으나 실상은 도움을 주고받는 선후배 관계에 더 가까웠다고 나는 생각한다. 내 첫 직장 첫 학기 강의실에서 만난 이 시인은 이미 군대를 다녀온, 말수가 적고 어른스러운 고학년 복학생이었다. 낯선 도시에서 얼른 적응하지 못하던 나는 그에게 많이 의지했다. 그를 따라 골목 안쪽에 숨은 유서 깊은 막걸리 집에도 갔고, 풍광 좋은 곳을 찾아 교외를 돌아다니기도 했다.

이 시인이 시를 썩 잘 쓴다는 사실은 나중에 알았다. 학교 신문이 주관하는 교내 백일장 심사에서 눈길을 끈 시 가운데 이 시인의 작품이 있었다. 응모 작품 중 만만치 않은 시들이 많아서 쓴 학생들을 모아 조촐한 시 합평 모임을 만들었다. 내 연구실에서 월요일마다 저녁을 시켜 먹으며, 저마다 써

온 시를 두고 토론했는데 이 시인은 그 모임의 기둥이었다.

이 시인과 내가 함께 속해 있던 대학의 울타리는 사범대학이어서 선생이나 학생들이나 교사가 되는 시험에 매진하는 분위기였다. 나는 여러 학과에 걸쳐 시에 관심과 재능이 있는 학생들과 정기적으로 습작 합평을 하고 있다는 사실이 남들이 보는 내 본분에 비추어 조금은 불편할 때가 있었고, 합평회 성원 중 서넛 있었던 국어교육과 학생들에게 당장 할 일을 두고 공연히 한눈을 팔게 하는 것이 아닌가 하는 걱정도 있어 그 모임을 오래 유지하지는 못했지만 내게는 소중한 추억으로 남아 있다.

나는 어렵사리 등단과 취직이 되기는 했으나, 이 나라에서 시 쓰기와 학문 연구가 직업으로는 퍽 고단하고 개갈 안 나는 선택임을 깨달은 바 있어 학생들에게 대학원에 진학해 공부를 계속해 보라거나 시인이 되어 보라거나 하는 일은 내키지 않았다. 오히려 그런 일이 위험하고 무책임한 일이라고 생각하는 편이었다. 이 나라에서 직업으로서 학문 연구와 시 쓰기는 생계와 명예를 보장하지 못한다. 나는 다만 내가 가르치는 학생들이 대학에 들어올 때 가졌던 꿈을 놓지 않고 꾸준히 노력해 '국어 선생'이 되는 일을 돕고자 했다. 이는, 꿈을 이루기 위해 노력하는 젊은이들에게 소중한 성장과 성공의 계기가 될 뿐만 아니라 우리 공동체에 유익하고 긴요한 일이어서 내게는 크게 보람 있는 일이었다.

이 시인도 국어 선생이 되고자 했다. 교원임용시험 날이

코앞에 다가온 어느 가을, 합평회에 온 그에게, 교사가 되기 위해 준비하는 일은 때가 있는 일이고 시인이 되는 일은 나중에 해도 좋으니 합평회를 쉬어도 좋겠다고 말한 적이 있었다. 그러나 이 시인은 내 말을 듣지 않고 시험 전까지 합평회에 참여해서 나는 내심 걱정했는데 다행히 시험에 합격하여 자신의 꿈을 이루었다. 나중에, 다른 학우의 시를 꼼꼼히 읽고 살피며 토론하는 일이 시험에 도움이 되기도 했다는 그의 말을 듣고는 내 걱정이 이 시인에게는 기우였음을 알게 되었다.

그리하여 이 시인은 '성공한' 국어교육과 졸업생이 되었다. 차분하고 다정한 성품에 좋은 시를 쓰는 그가 좋은 국어 선생일 것임을 짐작하기는 어렵지 않았고, 가끔 만나서 나누는 대화를 통해 확인할 수 있었다.

다만 이 시인이 '성공한' 시 습작생이 되지는 못한 것으로 보인다. 등단이라는 제도의 관문을 통과한 '시인'이 되지는 못했기 때문이다. 바쁘게 덩치를 키워 온 우리 사회 여러 주요 분야와 다르지 않게 구태와 폐습을 다 벗지 못한 이 나라 문학 판은 '등단'의 문턱에 과도하게 집착한다.

나는 우리 국가대표 축구선수들이 이 나라에서 가장 축구를 잘하는 사람들이라고 생각하지 않는다. 이는 재능 발굴 또는 선수 선발 과정을 못 미더워하는 말이면서 직업 선택의 변수들을 염두에 둔 말이기도 하다. 발굴과 선발을 따지자면 많은 문학작품 중에서 딱 한 편을 고르는 일에 개재하기 마련인 주관적 취향과 즉흥적 직관에 좌우되는 한계를 잊을 수 없다. 이런저런 문학상 심사에서, 잠재한 재능과 발현된 재능, 축적된 노력을 일차 분별하는 일은 어렵지 않으나, 마지막 하나를 고르는 일은 형편이 다르다. 이는 언제나 쉽지 않다. 심사평은 대개 그 한 편을 고르는 데 심사위원들의 뜻이 같거나 비슷했다고 주장하나, 내막은 그렇지 않을 때가 많다. 고집 부리기와 줄다리기와 눈치 보기와 선심과 양보의 결과이기가 십상이다.

그러나 그 선별의 결과는 호리(毫釐)의 차이를 만든다. 여러 사람의 생애가 조금씩 흔들린다. 나는 이 시인이 고참 문인의 심사를 통한 등단의 문턱에서 여러 차례 아깝게 물러섰던 사실을 알고 있다. 나 또한 등단과정이 이와 크게 다르지 않았고, 겨우 등단한 후에도 그 과정이 알게 모르게 멍에가 되어 왔음을 잘 알고 있다. 나는 세상과 사람의 일이 열에 아홉은 운(運)에 좌우된다는 사실을 평생 절감하여 왔다.

직업 선택의 변수에 대해서도 간단히 말하고 넘어가자. 축구를 뛰어나게 잘하지만 직업 축구선수가 되고 싶지 않은 사람이 있고, 시를 뛰어나게 잘 쓰지만 직업 시인이 되기 싫은 사람이 있다. 한 사람에게 꼭 한 가지 재능과 적성만 있는 것이 아니며, 꼭 남들이 추켜세우는 '뛰어난 재능'에 스스로 다 수긍하는 것도 아니다. 그러므로 조기축구회에 인류 최고의 재능이 공을 차고 있을 수 있다.

이제 이근영 시인은 평생 써온 시를 모아 펴냄으로써 스스로 시인이 되는 길에 섰다. 엄밀히 말하면 이는 반걸음이다. 남은 반걸음은 시집을 읽은 사람들이 채워주고 끌어주는 것이다. 독자들과 바로 만나 그들의 선택과 인정으로 글 노동자가 되는 일은 '등단' 즉 어떤 자리에 오름이라는 상투적 관념의 변경, 나아가 폐기를 요청한다. '등단' 제도 바깥에 좋은 시인이 있을 가능성을 나는 의심하지 않는다. 다시, 진정한 시인은 등단하지 않은 사람 중에 있다는 두려운 전설을 나는 대수롭지 않게 듣지 않는다.

2

처음 내는 시집에는 쓴 사람의 생애 전부가 들어 있는 수가 많다. 긴 습작기에 진행된 여러 창작기술적 도전과 시도들이 흔적을 남긴다는 점에서 그렇고, 지난 삶의 굴곡과 모색 체험이 뚜렷한 흐름을 이룬다는 점에서 그렇다. 그래서 시인들의 첫 시집에는 시종 팽팽한 긴장이 있고, 이 긴장을 유지하는 싱싱한 의욕이 있다.

여기, 이근영 시인의 첫 시집에는 스무 해가 넘는 세월 동안 그가 쓴 시들이 차곡차곡 담겨 있다. 훨씬 많은 습작에서 추려낸 작품들이리라. 세 개의 부로 나뉜 이 시집에서 시의 배열은 부를 단위로 시간의 역순에 더 가까운 듯하다. 교사로서 어린 학생들을 가르치며 느낀 울분과 연민이 도드라지는 1부의 시들은 상대적으로 가까운 과거에 쓴 시들로 보인다. 이 시들은 시상의 중심에 불우한 가정환경에 처한 학생을 두고 그 학생의 불우함이 대개 어른들이 초래했다는 사실을 전제로 구성된다. 자신이 몸담게 된 제도 교육의 효능에 심각한 회의를 보이는 「장수 한우축제」, 부모의 이혼으로 좌절과 불행을 경험하는 학생의 이야기인 「한풍루에서」와 「농어촌 특별전형」 등이 그렇다.

"나는 차마 말하지 못했다 네가 자퇴를 하면 1등급이 한 명으로 준다는 사실을 저쪽 학교에서 사고뭉치인 네가 전학올 때도 너를 받은 이유는 딱 하나였다"에서 압축되어 있는 것처럼 고등학교 현장에서 대학 입학 성적을 위해 벌어지는 기상천외한 비교육적, 비인간적 비리를 고발하는 「너의 쓸모」의 전언은 놀랍다. 고발 또는 새로운 정보의 제공도 문학의 오랜 효용 중 하나이다. 교육의 현장 체험을 그린 시편들에서 시인은 항용 분노하는 목소리를 들려준다. 그리고 "이제나 저제나 선생님 꼭 한번 뵙기만을 기다리고 있어요/만나 뵙게 되면 선생님 이마에 기다린 날만큼 숫자를 새겨드리고/꼭 그만큼 따귀를 때려드릴게요"에서 보듯 학창 시절 교사의 폭력을 경험한 학생이 오늘 그 교사를 만나 되갚아 주려 한다는 해학적 설정으로 교육의 잘못된 관행을 풍자하고 비판하는 「사랑의 매」도 기억할 만하다. 이 시의 화자가 시인 자신인지, 다른 교사의 학생 폭행 장면을 본 시인이 상상한 그 학생의 마음인지는 확실하지 않은데 나는 후자에 가깝다고 생각한다.

제1부의 시에서 단연 눈길을 끄는 대목은 「심폐소생술」, 「팽목항」, 「꿈」, 「현장체험학습 매뉴얼에 따른 공문서 작성」 등, 세월호의 비극을 소재로 한 시편들이다. 이들 작품에서 교사인 화자는 세월호의 비극을 절박하게 받아들인다. 수많은 어린 사람들이 어른들의 잘못으로 목숨을 잃은 이 참담한 사건을 접하면서, 슬픔과 분노를 경험하지 않은 어른은 드물겠지만, 항상 어리거나 젊은 학생들과 가까이 있는 교육자들의 고통과 번민은 더 깊고 아픈 것이다.

선생님, 배가, 배가 침몰하고 있어요!
얘들아, 가만히 있어 내가 구해줄게 내가
심폐소생술을 배웠어 너흴 구할 수 있어 그러니
움직이면 안 돼, 얘들아, 가슴압박술을 해야 하니
(…)
너희들을 살려 낼 수만 있다면 이까짓 것
백 번 천 번도 할 수 있어 하나둘셋넷
선생님, 배가 가라앉는다구요, 선생님
뭐가 문제지? 그렇지 그래, 인공호흡을 해야지

-「심폐소생술」에서

세월호의 비극 이후 교육당국은 사후 대책 가운데 하나로 일선 학교 교사들에게 심폐소생술을 교육받게 한 모양이다.

교육을 받으면서 시인은 각별한 분노와 허망함을 느낀다. ‘내가 그 침몰의 현장에 있었다면 무엇을 할 수 있었을까’ 같은 물음 위에 설정된 이 작품의 정황에서 독자는 표면의 비판과 냉소를 넘어 깊은 곳에 자리 잡은 처절한 성찰과 마주치게 된다. 이 처절함은 “나는 다시 배 안으로 들어가야 해, 평생 무릎 꿇고 살지 않으려면/나 살아 나간다 해도 다시 자살하지 않으려면 물속으로 자진해서 들어가야 해”와 같은 구절을 담은 「꿈」에서 더 직설적이다.

제1부가 교사의 시선과 자의식이 도드라진 시편들이라면, 제2부에는 시인으로서 근원적 자의식과 지향을 드러내는 시편들이라고 할 수 있다. 한 장소에 고착된, 시를 향한 열망과 다짐을 드러낸 「주왕산 꿀사과」, 착하고 바른 것들이 제 몫으로 대접 받지 못하는 세태를 안타깝게 보는 「구천동에서」, 양심에 거스르는 일을 강요받았던 전경 복무 시절을 소재로 한 「카레밥 추억」, 작고 약한 것들에 대한 연민으로 쓴 「파리」, 환경과 생태에 대한 관심을 보여주는 「꽃 피는 돼지」, 「생태탕」, 「망해사」, 해학이 돋보이는 「무릉원의 하룻밤」, 「동승」 등을 나는 표하며 읽었다.

> 열차가 어두운 터널 안을 달리는 순간
> 긴장의 끈을 놓친 파리, 유리창에서 휙 하고 떨어져 나갔다
> 열차는 아무 일 없다는 듯이 시속 300km로 달려가고
>
> -「파리」에서

고속열차를 탄 화자는 차창 유리 바깥쪽에 붙은 파리를 발견한다. 열차가 속도를 올리자 파리는 바람에 휩쓸리지 않으려 애쓰지만 끝내 떨어져 나간다. 이 사태를 지켜보며 화자는 거대한 체계와 제도 앞에서 누구의 주목도 받지 못한 채 고통 속에서 사라져가는 존재를 떠올린다. 사실 이 시집의 시들을 엮고 있는 숨은 끈이 이런 약한 존재, 사라져가는 존재에 대한 연민과 울분임을 알기는 어렵지 않다. 인간의 문명 때문에 소외된 자연과 미물들에게도 시인은 같은 눈길을 던진다.

김제 만경 누렇게 익은 들판
코스모스길
자전거로 달리면
온몸에 벼 냄새가 매달려
가슴까지 뻐근해지도록 넉넉했던 길
(…)
그리고 저 望海寺,
갯벌과 바다를 넉넉히 안고서도
소박하게 우리를 맞이하던 고즈넉함
바다로 난 쪽문을 열고
똥을 누던 해우소
들판과 바다를 아우르는 곳에

슬며시 이승과 저승의 돌다리가 되어 주던
수많은 기도문들

-「망해사」에서

시의 화자는 '새만금'을 지나간 모양이다. 두루 알다시피 '새만금'은 '새로 만든 만경평야와 김제평야'라는 뜻으로 지어낸 억지스런 말이다. 시에서 시인은 이 말을 숨겨 놓았다. 단지 그 말도, 그 말이 지시하는 시설과 공간도 존재하지 않았던 시절을 차근차근 기억할 뿐이다. 그래서 되새김되는 풍경들은 과거형 시제로 제한된다. 화자가 기억하는 것들은 지금 다 사라져 없다. 원래 사라진 것, 못 쓰게 된 것, 박대 받은 것을 소중하게 돌아보는 일 또한 서정시의 소임이 아니던가.

제3부에는 오래 매만진 흔적이 역력한 습작기의 시편들과 소품들, 그리고 가족사를 소재로 한 시편들로 채워져 있다. 이 중 어머니와 아버지, 형이 등장하는 일련의 작품들이 눈길을 끈다. 이제 소설만 아니라 시에서도 문면에 드러난 화자의 가족 체험을 시인의 그것으로 고스란히 옮겨 읽는 일은 실례이자 금기에 속한다. 이를 원칙으로 존중하면서도 이와 같은 가족체험의 윤곽이 시인의 그것과 비슷하리라고 조심스레 짐작해 볼 수는 있다. 단, 이 짐작 또는 비약이 시를 더 풍성하게, 더 긍정적으로 읽을 수 있게 해야 한다는 조건이 달려 있다.

병고에 시달리느라 가족을 건사하지 못하고 불행한 삶을

살다 간 '아버지', 동생에게 의존하다가 상처를 남기고 일찍 세상을 하직하는 '형', "먹구름만 가득" 찬 삶을 살아온 '어머니'는 「고추말리기」, 「빗물 속의 아버지」, 「꿈」, 「편지」 등에 등장한다. 개인의 머릿속에 각인된 '가족'의 얼개와 내막은 그가 살아오고 살아갈 세상의 축도가 된다. 여기서 독자는 이 시집 전체에 드리운 비관적, 회의주의적 시선과 약자의 삶에 대한 연민이 비롯하는 기원을 생각하게 된다.

그대 기억하는가
서로 몸 부비며 자라나던 저것들
어느 날부턴가 고개 떨구며 살던 모습
벼는 익을수록 베어지는 숙명
뿌리 속까지 얼음장이 내려
한겨울을 힘겹게 견뎌 내어도
봄이 되면 갈아엎어질 운명

-「겨울, 들판에서」에서

이 시에서 화자의 마음은 더할 나위 없이 어둡다. 가을걷이를 끝낸 들녘을 보며 한 점 희망도 없는 운명을 확인한다. 바닥까지 내려간 절망이라고 해야 하겠는데, 이 또한 하나의 문학적 태도이자 현실적 태도이다. 어떤 상황에서도 희망은 남아 있다는 생각은 상투이며 환상이며 이데올로기이다. 제도 교육의 교과서는 희망의 단서를 남긴 문학 작품을 편애

하지만, 사실을 외면한 선택이다. 어떤 사람에게 희망은 남아 있지 않을 수 있으며 아무리 노력해도 이루지 못할 것이 있을 수 있다. 그것이 세상의 맨 얼굴인지 모른다. 오히려 딱히 철학적 성찰의 도움을 받지 않고도 비관적, 회의주의적 시선이 사람이 살아가는 세계의 진실에 더 가까이 닿아 있음을 알 수 있다. 제 격의 문학은 이와 같은 세계와 존재의 근원적 비극성에 눈 돌리지 않으며 거기서 다시 출발하는 것이다, 헛된 희망에 기대지 않고.

3

시의 화자와 시인을 뚜렷이 분리하여 시적 발언의 차이를 한껏 누리는 풍토가 만연한 환경에서 시를 써오면서 이근영 시인은 서정시의 전통과 본령을 지키는 쪽을 선택했다. 그는 두서없이 난해한 발언으로 내면의 신비로운 세계를 담겠다는 동년배 시인들의 시류에 고개 돌리지 않고 서정과 리얼리즘 사이에 난 길을 걸어왔다. 그의 길이 큰 성취에 닿아 있기를 독자들과 함께 바란다.

교사는 희망을 말해야 하는 의무를 진 소수의 직업 가운데 하나이다. 시인이 느끼는 절망과 선생이 말해야 하는 희망 사이 어디에 이근영 시인이 설 자리가 있을 것이다. 시인에게는 쉽지 않은 일이겠으나 그곳에서 새로 싹트고 꽃피고 열매

맺을 새롭고 튼튼한 시를 기대할 자유는 독자들에게 있다. 이 기대가 이루어진다면 독자들은 멀지 않아 조금 더 따뜻해진, 이근영 시인의 시를 읽게 될 것이다.

심폐소생술

초판 1쇄 발행 2020년 3월 30일

지은이 이근영
펴낸이 강수걸
편집장 권경옥
편집 박정은 강나래 윤은미 이은주
디자인 권문경 조은비
펴낸곳 산지니
등록 2005년 2월 7일 제333-3370000251002005000001호
주소 부산시 해운대구 수영강변대로 140 BCC 613호
전화 051-504-7070 | 팩스 051-507-7543
홈페이지 www.sanzinibook.com
전자우편 sanzini@sanzinibook.com
블로그 http://sanzinibook.tistory.com

ISBN 978-89-6545-649-0 03810

* 책값은 뒤표지에 있습니다.
* 이 도서의 국립중앙도서관 출판예정도서목록(CIP)은 서지정보유통지원시스템 홈페이지(http://seoji.nl.go.kr)와 국가자료공동목록시스템(http://www.nl.go.kr/kolisnet)에서 이용하실 수 있습니다. (CIP 제어번호: CIP2020010753)